아가페

아가페

발행일 2021년 5월 14일

지은이 이준정
펴낸이 손형국
펴낸곳 (주)북랩
편집인 선일영 편집 정두철, 윤성아, 배진용, 김현아, 박준
디자인 이현수, 한수희, 김윤주, 허지혜 제작 박기성, 황동현, 구성우, 권태련
마케팅 김회란, 박진관
출판등록 2004. 12. 1(제2012-000051호)
주소 서울특별시 금천구 가산디지털 1로 168, 우림라이온스밸리 B동 B113~114호, C동 B101호
홈페이지 www.book.co.kr
전화번호 (02)2026-5777 팩스 (02)2026-5747

ISBN 979-11-6539-765-4 03810 (종이책) 979-11-6539-766-1 05810 (전자책)

불완전한 세상에 대한 하나님의 무조건적 사랑

아가페

AGAPE

이준정 시집

작가의 말

먼저 이날까지 나를 지켜주신 하나님께 감사드립니다.
그리고 나를 키워주신 부모님과 선생님들….
한국 고전에 대한 비판으로 중학생이던 나에게 감동을 준 친누나에게 감사드리고,
제가 중2 때 처음 끄적인 시를 감동적이라고 해준 이름 모를 누님께도 감사드립니다.

철없는 아빠로서 아내와 딸에게 미안한 마음뿐입니다.

2021.4.1. 만우절 서호하단병원에서 이준정

십자가 밑에서…

목차

작가의 말 5

1부

이 글을 쓰노라 12
하나님이여 당신 같은 이 또 있으리이까 14
피안 16
퀴어는 우리의 죄다 18
콩나물밥 20
칼바리아 언덕 아래에서 22
죽음, 그 이후 24
주의 세계 26
주의 날 28
주여 제 죄악을 멸하소서 30
주만이 나의 연인 32
주께서 그렇게 33
종교 34
재앙 36

잡히시기 전날 밤 38
일용할 양식 40
예수의 길 42
예수아와 나 43
예수아 1 44
야곱의 축복 46
愛 48
Amazing Agrace 50
Amazing Disgrace II 52
악마서 54
불시착한 비행사 56
사하라에서 나오다 57
아브라함과 이삭과 야곱 58
아마테라스 60
아리랑 2 62
Seventh day 64
쎄라핌의 아들 66
십계명 68
시편 23편 70
시편 45편1절 말씀 72
시인 목자 74
승리의 골고다 76
손가락 78
선하신 주의 뜻 79
선전포고 80
서산 81
삶은 죽음보다 진하다 84
새 계명, 서로 사랑하라 86
사진첩 87

2부

부활 92
복음은 사랑이다 94
복된 죽음 95
백기 96
미가엘 98
Moon face 99
달덩이 얼굴 100
목격자 101
Moses 104
모세 105
모든 인간은 죄인이다 106
루시벨 I 108
루시벨 II 109
Thanksgiving 110
들불 112
두 번째 실로암 113
동굴의 주인 114
동굴에 뜨는 별 115
다니엘 117
놀라운 비은혜 119
노예 120
내가 어둠 속에서 2 122
나의 이름 125
끝에서 126
꺼져가는 심지 128

기름 부으심 129
그의 이름 131
그의 오른쪽 팔 132
그의 사랑 134
그분 135
그는 궁중에서 나시지 않았다 136
그곳 137
거룩한 빛 138

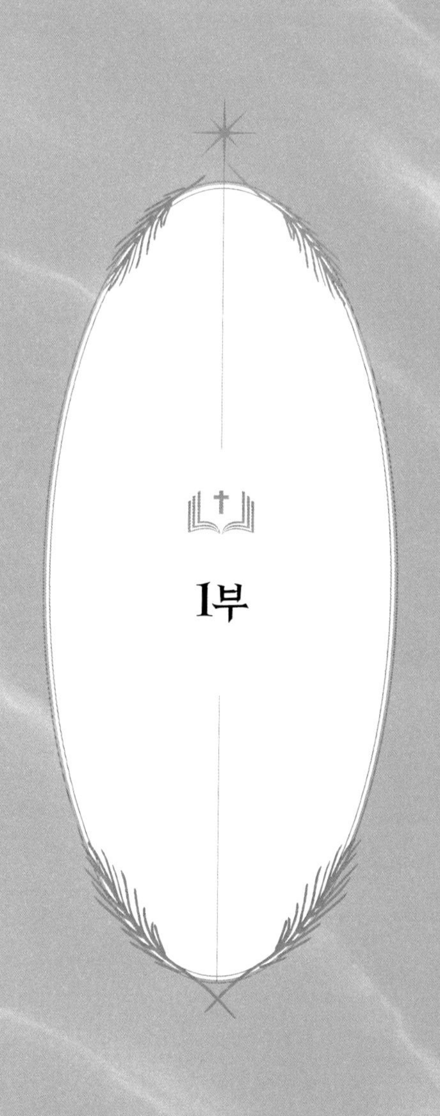

1부

이 글을 쓰노라

티끌 같은 존재로 주의 뜻을 아는 데 지쳤노라
일곱 자 몸 어찌할 바를 모르는데 지쳤노라
내가 발견한 것은 나의 무능력함과 교만과 좌절뿐
사랑과 미움, 성취도 시간 앞에 흩어지는 것을…

나 이제 주의 뜻을 원하는 마음에 이 글을 쓰노라
나의 인생이 참으로 복되고 즐거웠음을…
주께서 내게 가장 좋은 것으로 더하셨음을…

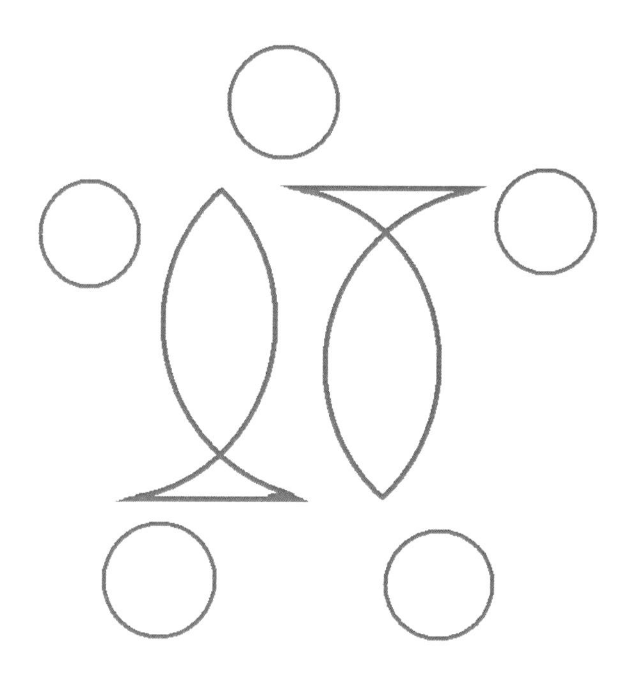

| 5병2어 문장 |

하나님이여 당신 같은 이 또 있으리이까

하나님이여 당신 같은 이 또 있으리이까?
나를 질그릇 같이 뭉개시고,
다시 그 흙으로 다르게 지으시는 분이여!
멀리 계셔서 확고한 시선으로 나를 바라보시는 분이여!
사람의 진심만이 전부이셔서,
그 시뻘건 사랑을 가슴으로만 품으시는 분이여!

하나님이여 당신 같은 이 또 있으리이까!
사랑하는 아들이 음녀의 소굴로 들어가는 것을 보시며
천년을 하루같이 참으시는 분이여!

그리스도여, 당신 같은 이 또 있으리이까?
어느 입으로만 천자들과
망상으로만 하늘인 인간들과 다르신 하나님의 아들이여!
새벽 동이 트는 눈동자로 나를 바라보시던 분이여!
그 핏빛 같은 처절한 사랑을 표현하기 위해
가상에서 말라가신 분이여!

| 5병2어 문장 |

피안

가끔 하나님을 온전히 알고 싶은 날이 있다.
그럴 때면 모든 민족들이 인정할 하늘에 계신 아버지,
그분을 만나고 싶다.
아픈 언덕을 올라 다시 더 비상하여…

하나님은 자신만의 세계 중 최고봉으로 보인다는,
바바하리다스의 글이 기억이 난다.
모든 것이 온전한 자, 거기에 닿기 위해
나는 다시 더 비상하리라.

그렇게도 닿기 원하는 천국의 모습은,
예언자들이 모두가 다르게 말하니,
그 시공간의 개념이 두렵다.
그곳에 내가 존재할까?
나라는 인간이 그곳에 있을까?

그곳에서 주를 뵈는 것, 그것이 내 꿈이로소이다.

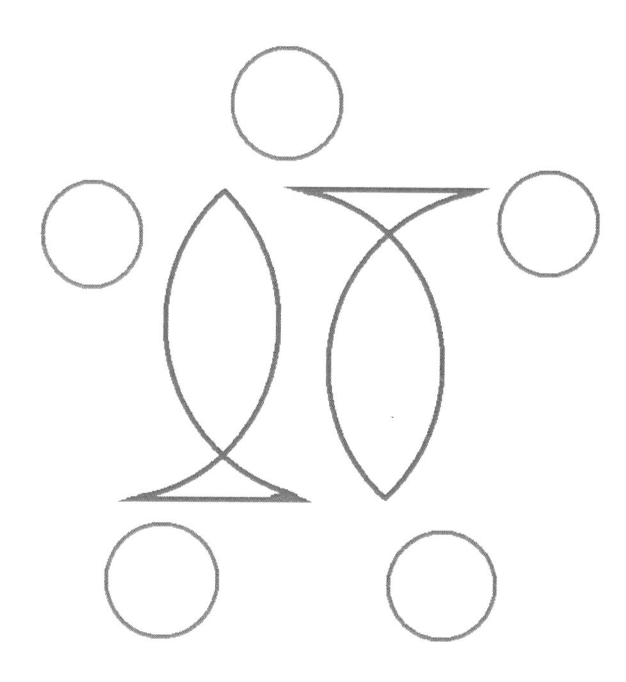

| 5병2어 문장 |

퀴어는 우리의 죄다

주여,

음란함으로 가득 찬 우리를 바꾸소서.

우리 심령을 깨끗하게 하사

포르노로 가득 찬 주의 백성의 PC를 정결케 하소서.

우리 동족이

우리에게 재앙과 징벌이 되었습니다.

주여,

로리타 같은 것만큼은 허락하지 마옵소서.

제가 돌이키겠나이다.

주여,

죄인이 애통하고 회개하오니 죄인의 방향을 바꾸시옵소서.

아내와만 나누게 하소서.

주여,

주의 백성 가운데 음란함을 제하소서.

| 5병2어 문장 |

콩나물밥

이것은 진수성찬
주께서 주신 풍성한 음식

주의 축복
온갖 햇곡식과
단백질이 풍성한 음식

그러나
부정한 음식은 하나도 없다

오늘은 주의 날
주께서 주신 거룩한 날

힘든 땀방울과 함께
나의 목젖을 적시는
한 덩어리
단백질

| 5병2어 문장 |

칼바리아 언덕 아래에서

칼바리아 언덕에서 로마 군인들이 보았던 것은
한 히브리 남자의 영웅적인 죽음이었다.
그는 끝까지 의연함을 잃지 않았다.
그들은 터벅터벅 걸어 내려왔다.
아직도 이어지는 여자들의 울음소리가 을씨년스러웠다.
앞의 백부장 코르넬리우스는
투구를 벗고 어깨에 힘이 풀려 있었다.
그의 머리가 가끔씩 앞뒤로 흔들렸다.
그는 칼바리아 언덕에서 벌거벗긴 채 못 박은
그 히브리 남자가 참으로 신의 아들이라고 생각했다.
까닭모를 공포와 슬픔이 몰려왔다.
덩치 큰 롱기누스는 을씨년스런 비바람에
따뜻한 그 남자의 속옷이 고마웠다.
그 히브리인의 모습은 아름다웠고 가슴에서 떠나지 않았다.

넷은 몇 년 후 전역했고, 롱기누스는 순교자가 되었다.
전쟁은 끝났을까? 끝나지 않았을까?

| 아브라함과 이삭 |

죽음, 그 이후

베드로는 배신, 요한은 동성애
안드레는 고기 잡으러, 야고보도 따라서 고기 잡으러
마태는 재정을 챙기고, 시몬은 다른 모임으로
도마는 술 마시러, 바돌로매는 의회로

가난뱅이에 외로우며 땅에 자신의 둘 데가 없으신 분.

| 십자가 셋 |

주의 세계

태초에 주께서 있게 하신 빛과
또 있게 하신 땅과 하늘을 볼 때
또 내 꿈에 그의 세계를 뵈올 때
하늘의 높은 별들, 울리는 우레
실존자의 권능이 큰 우주에 차있네

주께서 외아들을 보내신 것과
그를 대속 양으로 삼으신 것과
또 외아들이 피 흘려 죽으셔서
우리를 대속하심이 그의 권능이도다

예수께서 다시 오실 때
주님의 도성으로 날 인도하리

주의 높고 크고 깊으심에
내 영혼이 찬양하네

주의 깊고 위대하심을
내 영혼이 찬양하네

| 모세 |

(찬송가 79장을 모본으로 연장하여 보았습니다.)

주의 날

60년!
혹은 45억년

온다 오고야 만다
주의 날이,
모든 동물이 노래할 날이

그때엔 사막에 장미가 피고

순식간에 어둠이 입을 벌려
우매한 백성이 소멸하고
우리는 공포에 질린다

우리를 소멸의 바다로 뛰어들게 하던 자가 타는 불에
그리고 상급이 우리 목과 머리 위에

어서!
주의 성령께서 지각을 사하시도록
제게 잠을 주옵소서

| 갈라진 홍해 |

주여 제 죄악을 멸하소서

제 피는 질기고 쓰니
주여 제 죄악을 멸하소서.

거룩하게 하시려는 뜻으로
나를 다시 잊으소서.

아 나는 죄인이로소이다.
용서받기 힘든 주의 임재하심을 알고도
나는 한시도 담배를 뗄 수 없었다.
그도 알고 있다.
내가 절름발이 므비보셋이라는 것을…

중죄인이로소이다.
내 가슴에 반사회의 늪이 꿈틀거릴 때
오 주여 나를 도와주시옵소서.

| 첫 성탄 구유 |

주만이 나의 연인

주만이 나의 연인
내게 달콤한 주의 언어들을 속삭이신다

새롭게 할 말씀들로 내게 채우신다

온통 몽설로 더럽혀진 나의 진지에서
다시 또 속삭이는 부름

아득하기만 한 복음들이
부담 지우지만

그의 말씀 외엔
내게 기쁨이 없구나

주만이 나의 연인
달콤한 나의 연인

주께서 그렇게

똑같은 향기를 가진 꽃은 없다.
이 수많은 꽃들을 주께서 만드셨다.

갑각류, 포유류, 조류, 양서류…
그 category의 수많은 짐승들
억만 가지보다 많은 flesh들을 주께서 만드셨다.

코카서스 산맥의 코쟁이부터 이 작은 반도의 짹짹이눈까지
마다가스카르의 깜씨부터 아이슬란드의 벽안까지
수만 가지 종족들을 주께서 만드셨다.

주께서 그렇게 만드셨다.

종교

목자 예수
무함마드보다 높았던 예수

도가수련이 저절로 되던 예수
다른 이들까지 해탈시키려 애쓴 예수

샤먼 중의 샤먼이던 예수
공자의 하늘 아버지를 어머니로 만들기 위해 노력했던 예수

비유의 시가 저절로 나오던 예수
레토릭을 자유자재 구사하다가 소크라테스처럼 죽었던 예수

| 다니엘의 사자굴 |

재앙

크놈이 노하고
헤크트가 칼을 맞았다

셉이 놀라 벌떡 일어났고
흑암이 그 위를 덮었나니

파리가 들끓는 이 고장에
시체만이 즐비하다

라가 놀라 발을 헛디디고
벌판에서 우박 맞는 소리만 들린다

온 나라에 집짐승
우는 소리만 들린다

사람과 사람이 서로를 증오하고
메뚜기 떼가 온 천지를 덮었나니

이스라엘의 문간에 피 냄새가 진동할 때
아들을 잃은 어머니의 울음이
천지를 진동한다

| 정탐꾼 |

(애굽에 내린 10가지 재앙의 묘사. 크놈-이집트의 나일강 신,
헤크트-개구리 신, 셉-흙과 티끌 신, 라-애굽의 태양신->어둠)

잡히시기 전날 밤

술은 언제나 약이었다.
잠들기 전 지친 사냥꾼을 잠들게 하고 치료하는 약이었다.

예수아와 제자들은 전날 밤 그렇게도 마셨지만
아무도 취하질 못했다.
예수는 그들을 둘러싼 어둠의 소리들,
이스라엘 백성 가슴에서 울려나오는 원망의 소리들이
자기들을 가득 둘러싸고 있음을 느꼈다.
그러나 아무리 술을 마셔도 그 소리는 계속 들려왔다.
그 상황에서 그가 말했다.
"이것은 내 피다. 이것을 받아 마셔라."
이스라엘 자체였던 그는 온몸이 힘들고 아팠다.
그때 그가 말했다.
"이것은 내 살이다. 이것을 받아먹으라."
예수가 죽고 나서, 제자들은 그 의미를 겨우 파악하였다.

그들이 받았던 것은 두 번의 하나님의 스트라이크,
두 번째 후엔 물러날 수 없었다.

| 다윗이 춤추다 |

일용할 양식

그것은 만나

하늘에서 내리는
주의 축복

주께서
우리의
굶주린 배를 채우시려
우리에게
복을 베푸시는도다

(일용할 양식을 묵상)

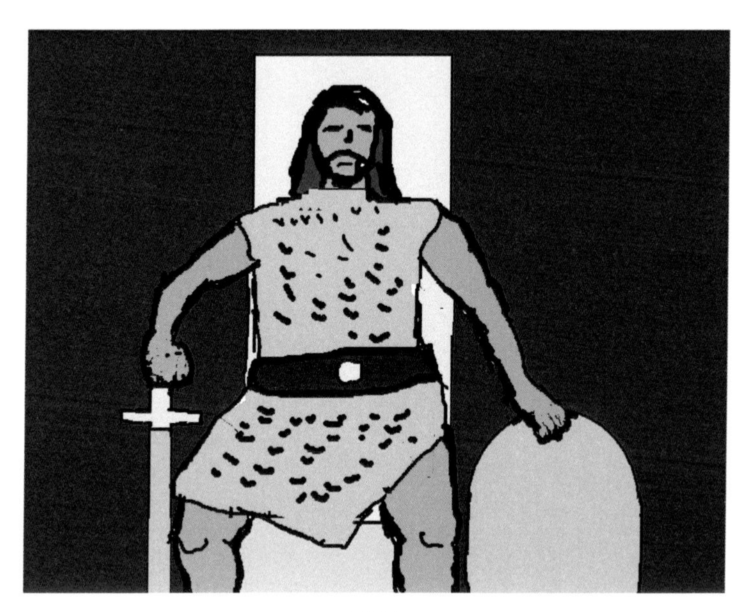

| 다윗왕 |

예수의 길

나도 그와 같이
고생 속에 살다 가기 원하네

또한 그가 올 때
살아서 그를 뵙기 원하네

비록 쓴 물이
나를 목마르게 할지라도
나도 엘리야와 같이
살아서 주를 뵙기 원하네

나도 그의 길을
가기 원하네

예수아와 나

모든 아들 중 가장 높은 보좌에 앉으신 이여!

시간의 침묵, 나오지 않는 말들
많은 피울음도 그 품에서 녹으리.

임이여
마음의 주인이여
누구랴? 당신을 왕이라 하지 않을 이가?

오래되지도 않은
멈추지도 않는

오! 예수아! 예수아! 예수아!
신의 사랑이여! 예수아여!

예수아 1

예수아
언젠가 들어봤던 사랑스런 이름

예수아
달콤하면서 비밀스런 이름
아니, 너무도 명명백백 들었었던 이름

그러기에
아마도 가장 위대한 이의 이름

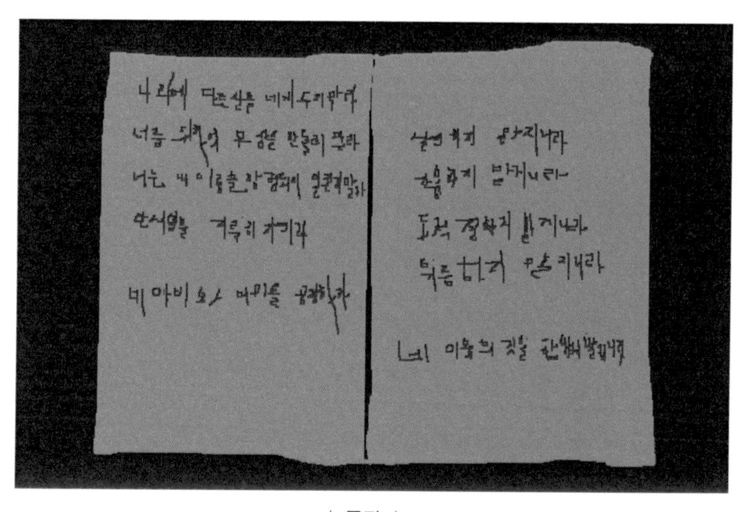

| 돌판 |

야곱의 축복

주께서 말씀하신다.
"내가 말한다. 내 뜻은 네 뜻과 다르고
내 생각은 네 생각과 다르다.
그래서 내가 그를 꽃밭에 말려 두었다.

매번 그의 환도뼈가 부러졌으나 내가 그를 치료하였다.
그가 어머니에게 내친 바 되었으나 다시 찾았다."

나는 알바트로스.
폭풍우 속에서 주의 은혜로 날다.

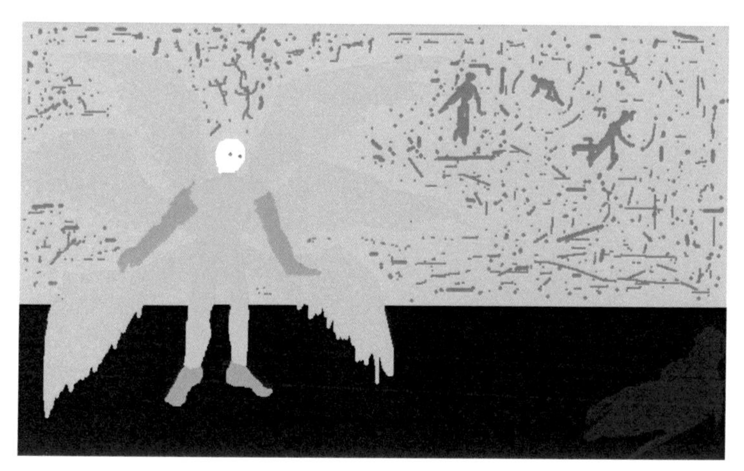

| 첫 성탄, 맑고 환한 밤의 들판 |

愛

나의 사랑은 주의 뜻
내 뜻은 도박과 편견과 욕심과 방황
사랑은 complicated chemotherapy

나의 연대는 주의 뜻
내 뜻은 좌절과 배신감과 투쟁과 욕심
사랑은 remix

위에서 오는 것은 주의 뜻
내 뜻은 부족과 불복종과 반항과 불만
사랑은 햇빛

왕의 사랑은 주의 뜻
내 뜻은 부족과 불만족과 때로의 감사
사랑은 calvaria

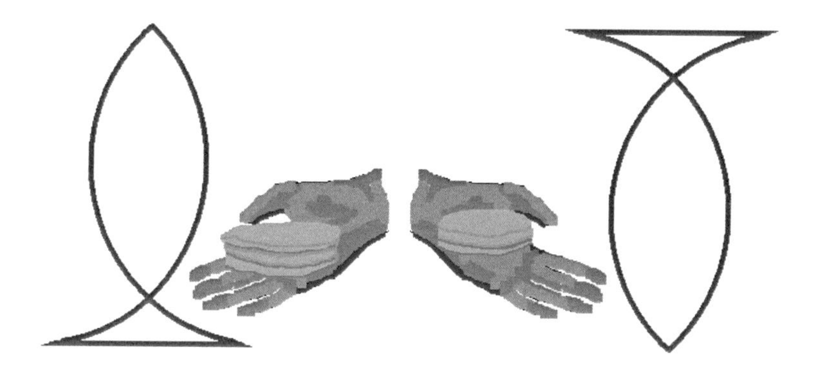

| 물고기 두 마리와 보리떡 다섯 개 |

Amazing Agrace

내가 100kg의 바벨에 힘들어할 때, 주는 1g의 무게를 더하신다.
감당할 시험밖에는 허락지 않는단 그 말씀, 정말인걸까?

내가 날기 위해 몸부림칠 때, 주는 내게 잠을 권하신다.
풀무질 속에 금붙이가 될 거라는 나의 믿음, 정말인걸까?

때론 내게 피곤을 더하시는 분.
어떤 권고사직서와 어떤 격려 말에 상처는 깊어만 간다.
푯대만 향한다는 바울의 그 말이 정말 진심이긴 한 걸까?

수많은 여자의 버림 속에
세상을 한 바퀴 돌아와 선 내 기도의 자리.
하나님은 기도원을 보호하실 텐데,
기도원 꼭대기 십자가 위에 피뢰침이 서 있네.
주의 허락 없이는 머리털 하나도 상치 않는다는 그 말,
정말일까?

이 모든 것을 주께서 아시고 계신다네.
내가 깨닫기를, 그리고 더 크게 자라기를,
주는 기다리고 계시네.
그래서 내가 더 큰 복을 받기를 원하시고 계시네.
그리고 나는 그것을 믿네.

| 바울과 아나니아 |

Amazing Disgrace II

비록 하늘은 비가 쏟아질 듯 우중충하고
하늘엔 새가 날지 않지만
전철역 옆, 야학이 있고 건물들이 튼튼하게 서 있고,
하늘 높이 붉은 네온십자가가 번쩍인다.

난 여기 이유 없이 있고
새가 날지 않는데도 돌멩이가 차인다.

세상은 변치 않는 듯 보이고
새는 내일 다시 날아오를 것이다.
세상이 지긋지긋하다면 입을 막자.
왜냐하면 내일도 필히 새가 날아오를 것이기에…

(락밴드앨범 Amazing Disgrace의 후편)

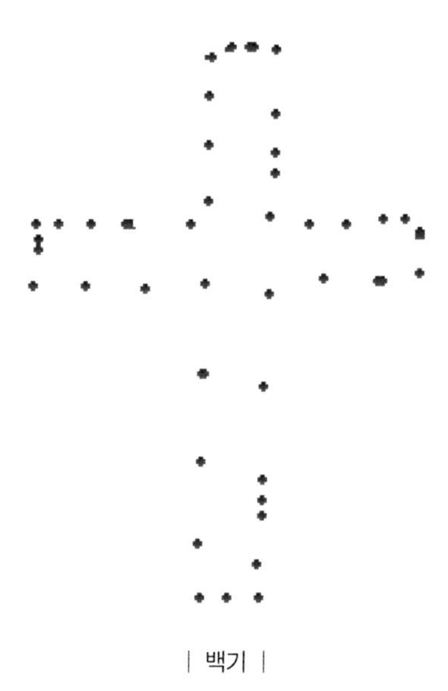

| 백기 |

악마서

사하라 사막에도 한 번씩 뜨는 태양은 늦은 나의 잠을 깨우고
언제까지나 떠올라 땀을 비 오듯 흐르게 하지만

가끔씩 부는 광풍의 바다는 태양을 가리운다
뜨거운 나의 청춘은 하나님께 등을 돌린다

태양이 뜨면 보이는 것은 그림자뿐
광풍 속에 보이는 것은 어두움뿐

존재자의 그늘에 가리워 벌레는 쉼을 얻는다
예수 그리스도의 품
그 모든 이가 그리워하던 품

道!
그 끝도 보이지 않는 길!
누군가 그 문을 보고 있다

검은 태양이 뜰 때면
나에겐 밝혀줄 아무 빛도 없었다

그때 나는 보았다
살아계신 예수
살아계신 하나님
살아있는 나

불시착한 비행사

생떽쥐베리는 나의 마술사인가
왕자는 생각했다

사막에서 사람을 만난다는 건
왕자에게 행운이었음이 틀림없다

왕자가 자신이 어리다는 사실을
알게 된 것은 나중의 일이었다

이것은 여우의 이야기이다

사하라에서 나오다

사하라에도 가끔씩 부는 바람은
나의 단잠을 깨웠고
단잠에서 깨인 난 다시 잠을 잘 줄 모른다
다만 바람에 몸을 맡기는 것이 두려울 뿐…

다시 한번 이 자리에 설 수 있다면
다시는 꿈속으로 돌아가지 않으리

아브라함과 이삭과 야곱

어느 한 사람이 예수를 믿는다.
그는 말씀이 진짜인지 고민하며 평생을 보낸다.

그의 아들딸은 하나님께 복 받기를 원한다.
평생 둘 사이에 고민하며 지낸다.

3번째 세대, 이유 없이 고통당한다.
그리고 하나님이 인정하신다.

| 부활 |

아마테라스

Logos!
그 끝도 없는 싸움이여!

처음부터 우린 있었지.
우리는 처음으로 창조된 자들.

주께서 부르실 때 우린 가리라.
주께서 부르시는 그곳으로

(천사들의 세계를 묘사한 글)

| 부활 |

아리랑 2

사랑의 주님을 나 사랑하네
주님의 은혜를 감사하네
나를 위하여 다시 오실
주님의 재림을 감사하세

| 부활 |

Seventh day

In dark field on venerable day

The land of vegetarian
Where Shi had passed by watching

Where roman soldier lost his eyes.
All light up over the hill
But, only darkness existence

Shouting field is dying
"I don't know shouting field is dying" he said

(채식주의자의 땅=한국, 예수님의 죽는 순간과 오버랩되어
이 땅에 복음이 들어왔고 현재 진행형임을 암시한다.
땅과 하늘이 예수님이 돌아가실 때, 고통스러워했던 것을 묘사. 그때, 예수님도
고통스럽게 돌아가셨으므로 하늘과 땅이 고통스러워하는 것을 어떻게 할 수 없음.)

| 부활 |

쎄라핌의 아들

아들은 다시 영원 속으로 사라진다

그러나 행성은 궤도를 되찾고
집양과 산양은 길을 잃고 헤매이며

어떤 빛난 별도
태양을 대면한다

(집양과 산양=세상의 소시민과 대표자들, 태양=절대자,
행성=세상이 잘 돌아감, 나는 일시적으로 죽을 수밖에 없는 존재.)

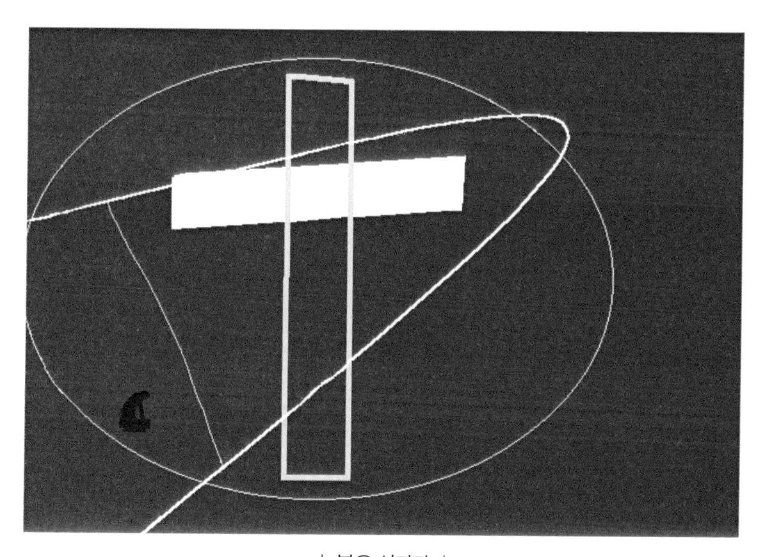

| 붉은 십자가 |

십계명

"I am who I am."
"내가 그들을 거룩하게 하는 여호와인 줄을 알게 하리라."
하나님은 당신의 손가락으로 십계명을 쓰셨다.

다른 신을 두지 않으리라.
안식일을 기념하여 지키리라.
부모를 공경하고 살인하지 않으리라.
간음도 않으리라.
도둑질하지 않으리라.
거짓 증거도, 남의 것을 탐내지도 않으리라.

| 순교 |

시편 23편

여호와! 나의 목자!
내게 부족함 없네

그가 나를 푸른 초장에 눕게 하시고
쉴 수 있는 물가로 인도하신다

나의 영혼을 소생하게 하시고
당신의 이름 위해 나를 옳은 길로 인도하신다

나 비록 음침한 죽음의 골짜기로 다니지만
두렵지 않다
주께서 나와 함께 하시며
지팡이, 막대기로 나를 위하시므로

주가 내 원수 눈앞에서 내게 상을 차리시고
내 머리에 기름을 부으시니
내 잔이 넘친다

나의 평생,
반드시, 주의 선함과 인자함이 따르리니
내가 여호와의 집에 영원히 살겠노라

| 습작 |

(시편 23편의 어미들을 약간 바꾸어 보았습니다.)

시편 45편1절 말씀

좋은 말이 넘쳐 왕에 대하여 지은 것을 말하렵니다.
나의 혀는 솜씨 좋은 기자 같사오니
내 마음에서 우러나는 아리따운 노래, 엮어 바치렵니다.

심장이 고귀함으로 파문이 입니다.
마치 글 잘 쓰는 선비처럼
왕을 위해 작곡하듯이
내 혀는 시와 함께 준비됩니다.

아름다운 말 내 맘에 채우시옵소서.

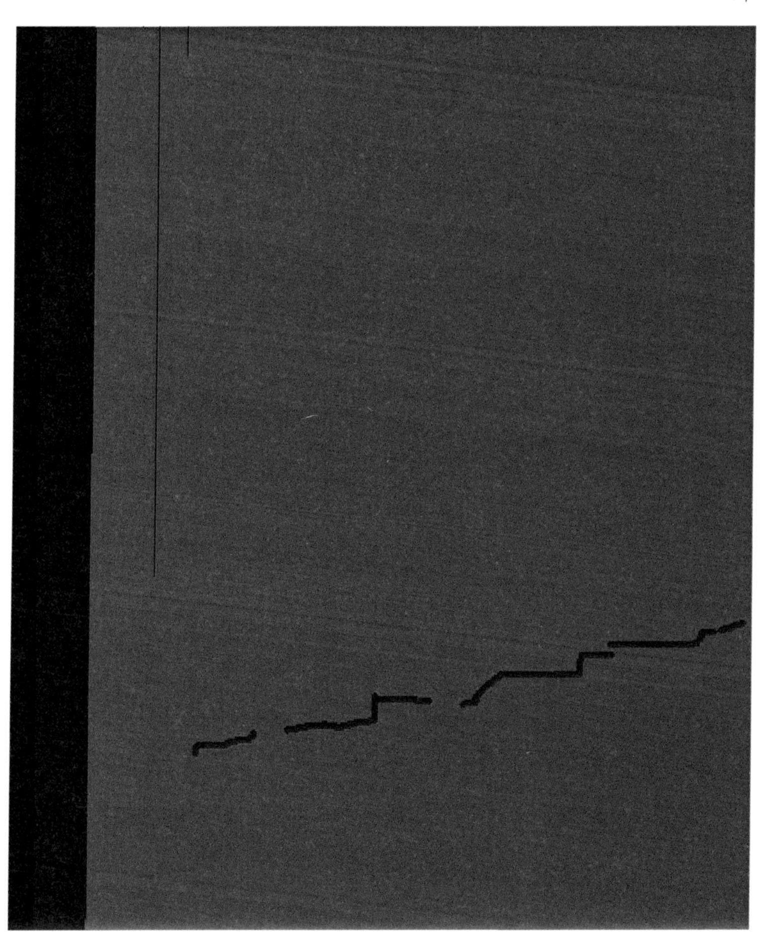

| 십자가 밑에서… |

시인 목자

그는 광야의 나그네
운명의 지시자

오래된 영광이 그의 위에
천사들도 그 발 앞에 화답하네

그는 인자한 자의 아들
영광의 그림자

오랜 전쟁 중 들려오는 평화
잠자는 무생물에 찬양받으실 분

그는 주의 지팡이, 주의 검, 주의 사랑, 주의 선물
이새의 뿌리에서 나온 헐벗은 양

쉬는 자들의 운명
깨어있는 자들의 심판

바다를 잠재우고
오랜 인간의 원한을 멸하시는 분

매달린 생명의 떡
생명수의 샘

오래된 자들의 주인
새로 올 자들의 운명

아골 밑바닥과 소돔의 희망
방 높이 달린 램프
썩지 않을 원천
꺼지지 않는 인류의 빛

승리의 골고다

우리를 비웃는 저 무리들을
냉소적으로 보지 않는다면

그때 이미 우리는
승리한 것이리라

황금의 십자가가 우리를
외면해도

우리는 기뻐하리
자신의 깊숙한 곳에서
불타는 십자가를
끌어안으며

주님께서 황금의 십자가에
달리셨는가?

서로의 짐을
짊어질 수만 있다면

십자가로 얻어맞는다 해도
무슨 상관인가?

친구여!
주님께선
외로운 길을 가셨다네
그 자신의 고통의 십자가를
짊어지시고

| 십자가 |

손가락

천둥이 내렸네
하늘 쪼개는 소리와 함께

겨냥된 것은
마을의 만 살 먹은 나무

주께서
손가락을 내리셨도다

(연필의 발견을 묵상)

선하신 주의 뜻

못생기고 버릴 만한 것들을
사랑하심!

창조주가 인간을 사랑한 증표인
독생자!

믿지 못할 것을 믿는 자에게 주어지는
영생!

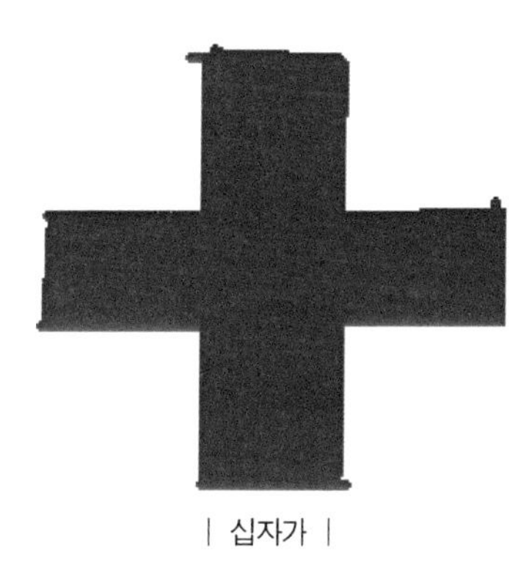

| 십자가 |

선전포고

내가 주의 반역자들을 미워하오니
그들이 자기를 위하여 주를 저버렸음이라.
그들은 사탄에게 붙어서 마귀들이 되었나니,
그들의 높은 망대가 그들의 사형틀이 되리라.
내가 그들에게 싸움을 걸지 못하는 이유는
내가 심히 작기 때문이라.

무지한 백성은 주께 돌아오면 구원을 얻으리라.

서산

해져도
햇빛 하늘

우주에 가득
방화하는 빛

해님의 아들
하늘에
다시 오르다

딸은 아기를 키운다.
수없는 아기들을 키운다

우주의 꿈
그 꿈 또한 태양의 꿈

태양은 있다
반드시 있다

너의 가슴에
나의 가슴에
우리 가슴에

(해가 져도, 하나님의 존재는 태양처럼 우리 마음에 있다. 그리고 우리를
돌보는 성령님과 하나님의 그림자와 같은 부모님과 따뜻한 존재들)

아가페

1부

삶은 죽음보다 진하다

삶!
그것은 울렁거리는 것…
눈앞이 노래지는
죽음보다 깊은 인내의 테스트

구속을 얘기한다면
피, 희생, 어린양 같은
눈앞이 노래지는 단어들…

죽음보다 징그럽고
잔인하고
오래가는 것

질투하는 하나님
나의 하나님

| 십자가 |

새 계명, 서로 사랑하라

서로 사랑하라 피도 눈물도 없는 이 세상에서
너희들만큼은 적어도 그만큼은

서로 사랑하자 각박한 현실 속에서
만인의 만인에 대한 투쟁이
만인의 만인에 대한 사랑으로 바뀌질 때까지…

서로 사랑하자 받은 상처, 받은 손해, 받은 충격
하나님께 위탁하고 지혜롭게 세상을 살자

사진첩

나는 청춘의 바다를 향해 막 떠나는 마도로스를 보았네
어머니가 장만해주신 옷을 입고 그는 행복해 보였어
그는 말했지 "앞으로의 인생은 완벽하게 살겠어"

나는 그곳에서 외로운 청춘 드라마의 주인공을 만났네
아무도 그를 이해시킬 수 있는 말을 할 수 없었고
그는 아무도 이해하려 하지 않았지

나는 또 안타까운 두 남녀를 만났네
서로에게 상처받기 싫어 맴도는
어린 남자와 어린 여자를 보았지

나는 그곳에서 이상을 좇는 한 젊은이를 보았지
아무도 그를 지지하지 않았고
그에겐 아무도 이해 못 할 신념만이 전부였지

나는 또 꿈을 잃은 한 마리 돼지도 만났어
그는 동남아로 섹스관광을 떠나는
여느 중년 돼지와 다르지 않았지

그 괴롭던 여잔 지금은 무엇을 할까?

그리고 나는 또 어린 교회 선생을 만났네
뜨거운 청춘을 애들과 보내며 너무 행복해 보였어
보석 같은 시간이었지

| 십자가 |

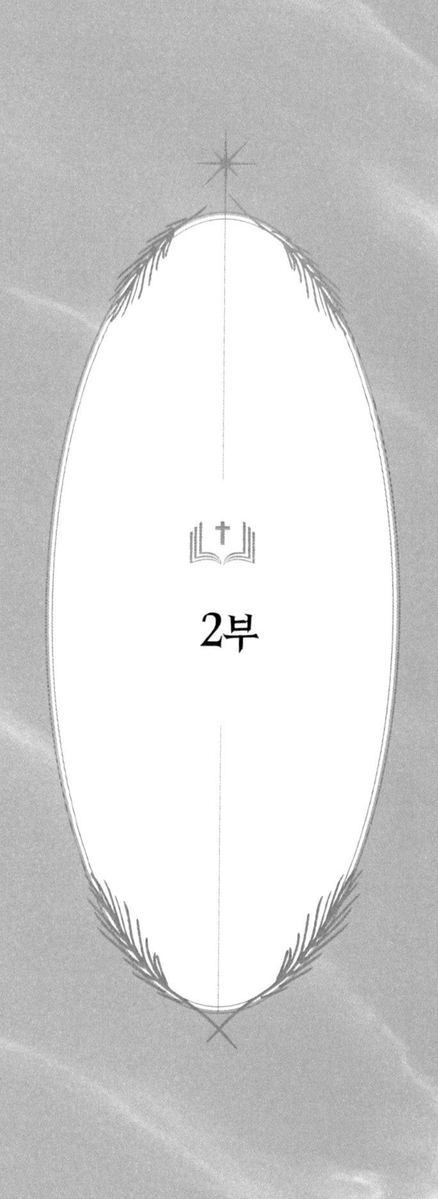

2부

부활

그날
우리는 소리치리라.

모두 다 소리 지르며
찬송하리라.

우리를 압박하던
저 압제의 손길이여!

깨져라!
무덤문아!

우리 모두 손을 들고
환호하리라!
오! 주여!

그리고
함께 구원을 맛보리라.

그날
우리는 주님과 함께 하리라!

복음은 사랑이다

복음은 사랑이다. 복음은 모든 것이 다 믿어지는 사랑이다.
믿음은 모방이다. 믿음은 예수님에 대한 모방이다.

복음은 마라톤이다.
복음은 예수의 소식이 전달되는 마라톤이다.
복음은 믿음이다. 복음은 믿음으로 누릴 수 있다.
복음은 복종이다. 복음은 그리스도와 같이하는 복종이다.

복된 죽음

어떤 사람들은 죽을 때 하나님을 기억한다
한 여름밤의 꿈처럼 그렇게 꾸고 가누나

여전히 소년처럼 그리고 소녀처럼
예수 복음을 소망하며 꿈꾸다 가누나

이런 삶은 마치 복된 한 여름밤의 꿈과 같도다

백기

그물을 피해 내려간 곳에
드디어 펄럭이는 백기

그것은 승리의 깃발
대륙붕에서부터 솟아오르는 깃발

(세상사에 힘들어 항복할 때, 힘주심.)

| 십자가 |

미가엘

그들은 나의 종
나는 강한 손

그의 강한 손
야곱을 기억하노라

그가 나의 주를 이기었고
지금도 싸우노라

(대천사들의 입장을 표현하고 이스라엘을 생각한 시)

Moon face

According to the star
By the meteor

That place is where rabbits live.
Where now the Jack is stuck

The end day of winter
Oh, It is the day of blessing

The first day of autumn
Oh! It is the day of thanksgiving

달덩이 얼굴

별을 따라
유성 곁에서

그곳은 토끼가 살던 곳이며
지금은 잭(미국 국기)이 꽂혀 있다.

겨울의 끝날
오, 그날은 축복의 날.

가을의 첫날
오, 그날은 감사의 날.

(달을 묵상한 시. 춘분과 추분을 상기)

목격자

나는 보았네

저 무도한 군중들이
젊은이를 내쳤을 때
그의 눈에는
진정한 확신이 있었네.

바리새와 사두개가
그를 짓밟았네.
그러나 죽어가는 젊은이
동요 없이 말했다네.
'아버지여, 저들의 죄를 저들에게 돌리지 마옵소서.'

내가 그를 내려쳤을 때,
그는 나를 용서하였네.
'모두가 아버지의 뜻이오.'

그때 나는 무엇을 했던가!
저 무도한 필라투스가 손을 씻을 때,

나도 그 대야에 손을 씻었던가?
진정 그랬던가?

때로 주님은
나 때문에
다시 한번 골고다에
서신다네.

| 골고다 십자가 셋 |

Moses

He is a leader of a plain.

Son of fire

Cloud helps him

Where from the earth, sulfur raises quickly.

All Orphan broods follow him

Barbarian is smashed by his hand

Pharaoh stop his breath under the water

The wildness

Where authirity yields

모세

그는 광야의 지도자
불의 아들

구름이 그를 돕고
그 땅에서는 유황이 빠르게 솟구친다

모든 고아 부족들이 그를 따르고
야만인들이 그의 손에서 박살이 난다
파라오는 물 밑에서 그의 숨을 멈춘다

광야
권위가 굴복하는 곳

모든 인간은 죄인이다

모든 인간은 죄인이다.

에스키모가 자기 아내를 빌려줄 때도
일본인이 대동아공영을 외치며 전쟁을 저지를 때도
이 대전제는 바뀌지 않았다.

인간의 자아실현을 외치는 자들이 주장하는
낙태와 퀴어에서도
이 대전제는 바뀌지 않는다.

법조인들은 알 것이다.
모든 인간은 쇠고랑만 안 찼을 뿐,
잠재적인 범죄자이며 거짓말쟁이들이라는 것을

당연하게도
인간은 죄 많고 죽어야 했다.

| 십자가의 좌우편 |

루시벨 I

그는 노련한 장군
예배의 사냥꾼

천하만국과 그 영광을 가진
이 세상 신

하나님의 지위를 탐하는
악귀들의 주관자

하나님의 아들들이 여호와 앞에 선 날
그도 거기 있었다

그는
생명의 향기가 될 말씀을
방해할 것이며
온 천하를 멸망으로
꾈 것이다

(루시벨을 묵상)

루시벨 II

루시벨의 정체는
하나님의 한 장군

그는 뱀의 기는 목소리
위로자 없는 하나의 완성된 존재

그는 하나님의 아들 이전
가장 높았던 자

높은 자가 가면
따라간다

Thanksgiving

이 날은 주의 날
날 주신 주의 날

우리가 가진 것과
그가 더하신 것에 대한
감사의 날

자, 우리가 축제를 벌이자

벼, 호박, 시과, 배…
제단에 올리는 큰 풍요 속에

당신께 감사가 사무치옵니다

(추수감사절에 대한 묵상)

| 일용할 양식 |

들불

오소서 여기 오소서
하나님이여 하나님이여 하나님이여
우리 마음을 훑으시고 하얗게 하소서
우리를 저 들 같게 하시며, 저 들을 우리 같게 하시며
당신의 뜻을 이루소서

두 번째 실로암

아주 어릴 적부터 골고다 언덕의
검은 십자가 셋은 내게 신화였다.
때로는 죽음에 대한 공포로 잠을 못 이뤘지만
주를 바라보지 않았다.

세계의 종말이 가까웠음을 뉴스마다 떠들어대고
세기의 대종말이니 말세니 하는 말이
유행처럼 분위기 잡으려고 돌아다닐 때
나는 이것이 단지 한 시대의 끝임을 믿어 의심치 않았다.
보신각종이 33번 울리고,
술에 취한 사회의 한 귀퉁이에
불이 나서 사이렌이 울려도 내겐 무심한 일이었을 뿐이다.

어릴 적부터 보아온 빨간 네온십자가는
내게 혹은 자랑, 혹은 수치로 느껴졌지만,
나는 주께 감사한다.
내가 보았던 수많은 위인들의 눈동자의 먼 저 공간에
당신이 있어서
나를 보고 또 나를 다음번 눈동자로 삼으셨음을.

동굴의 주인

깊은 동굴에 사는 것은
종유석과 석주만이 아니다.

도롱뇽, 박쥐, 노래기, 지네, 나방…
그날이 오면 동굴에서도 잔치가 벌어질 것이다.

동굴 안에 있어도
계신 하나님

동굴에 뜨는 별

미로 동굴에
주의 자비가 내려오다

그리스도의 피는 온 세상을 물들였고
이제는 여기 바위덩어리에 스며들다

성령은 여기 계시나
우리는 아들을 기다린다

예수 그리스도, 하나님의 아들, 구원자.

그대로 두라는 그 노인의 말은
주의 뜻을 이루게 하셨었다

여기 다시,
내가 주와 함께 잠들리라

| 주여 어서 오시옵소서(주보그림에 그림) |

다니엘

그의 별은 제왕의 별
벨사살 영토의 꿈의 해석자

유대를 휩쓴 홍수 속에서
주의 도우심으로 튼튼히 선 재목
열 왕과 바꾸지 않을 주의 친구여…

사막에 깊이 박힌 감람나무
왕의 초청을 거절했도다
그의 이름의 뜻
하나님은 재판관이시라

굶은 사자의 입을 다물게 하고
풀무불을 따사로운 햇볕같이 지나간
느부갓네살 영광의
한 송이 백합화

달아보고 달아보았더니 제왕의 믿음이라!
위대한 천사가 그를 보호하시네

세계를 끝까지 꿰뚫는 선지자의 눈이여!

창조주가 부으신 영감이여!

놀라운 비은혜

내가 듣는 것은 누구나 들었고
내가 본 것은 개나 소나 보았네
내가 받은 사랑은 개나 고양이도 받는 것

내가 아는 것은 천지도 너도 나도 다 아는 것
그는 공평도 자비하시지도 않는 분

내가 힘겨운 삶을 겨우 살아내려 할 때마다
1g의 무게를 더 얹으시네

나는 특별할 것도 대단할 것도 없는 우주의 먼지
전쟁이여 오라

노예

힘없는 자유인들의 세계에서,
노예처럼 살겠노라.
성경에 매여 살고 싶노라.

힘이 남는다면,
법과 공의의 노예, 또한 공중의 신하로 살겠노라.

| 죄인과 그리스도 |

내가 어둠 속에서 2

내가 고통 가운데 헤맬 때에도
주님은 함께 계셔

우리가 고통 속에서 헤맬 때에도
주님은 함께 계셔

너무나 어려운 풍파가 우리를 덮쳐도
주님은 함께 계셔

어려운 세대 속에서 고통당할 때
주님은 함께 계셔

우리가 마귀에 휩싸인 고통 중에도
주님은 함께 계셔

우리가 이 시대에 살아갈 때도
주님은 함께 계셔

내가 주님께 말할 때에도
주님은 들어주셔

진리의 모조품이 판을 칠 때도
주님은 함께 계셔

내가 슬플 때에도
주님은 함께 계셔

어지러움 속에서 고통당할 때
주님은 함께 계셔

알지 못하는 진실 속에서
주님은 함께 계셔

내가 무엇이 옳은지 모를 때에도
주님은 함께 계셔

이 슬픈 고난 중에도 주님은
함께 계셔

이렇게 끝마치더라도
주님은 함께 계셔

이 시대에도
주님은 함께 계셔

너무나 많은 진실 속에서도
주님은 함께 계셔

내가 어려움 중에 태어났어도
주님은 함께 계셔

인젠가 내가 승리하는 날
주님은 함께 계셔

나의 이름

구멍교, 아르테미스, 아스다롯, 이세벨, 버가모, 음부교,
black hole 교리, 음양의 이론

(세상 사람들이 믿는 여성인 믿음의 대상)

끝에서

나는 아무것도 모르니
내게 물어라.

만약 그렇다면
야곱의 사닥다리를 내리리

나는 미련할 수 없으니
내게 덤벼라.

만약 그렇다면
십자가에 못 박히고 말리

눈이 오고
바람이 불고
다시 해가 빛나도

나는 아무것도 모르니
내게 물어라.

사막 한 가운데에서

오직 그, 나의 하나님.

꺼져가는 심지

내 마음속 뒤집어져
하얀 연기되어
날아가 날아가

고독 속에서 심지는 꺼져 갑니다
당신은 살아 계신가요?

아무 말 하지 않으시니
알 수가 없습니다.

당신이 살아 계신다면
내가 이 어두움 속에서 죽지 않게 하소서

아무 말 하지 않아도
알 것만 같습니다

기름 부으심

주의 권능이 오늘 내게 임하셔서
지금 내가 주의 입이 되었다.

갇힌 자를 풀어 주고
돈 없는 자에게도 평화를
고아들에게 엄마의 품을
집 없는 자에게 한 끼의 식사를 주라 하신다.

교만한 자에게 철퇴가
돈이 많은 자에게 돌아봄이
횡포한 자에게 심판이
어리석은 자에게 반성이
놓여지게 하신다.

| 탄생을 보는 하나님과 세라핌 |

그의 이름

아도나이, 여호와, 엘로힘
하나님, 천주
그리고 알라

그의 오른쪽 팔

백기가 펄럭이는 곳
그곳이 곧 우리의 땅

(항복을 의미하는 백기는 평화를 의미한다.
평화를 사랑하는 몇몇 하나님의 천사들은 휴전을 응원한다.)

| 하나님의 우편 |

그의 사랑

불처럼
물처럼
죽음보다 깊은 사랑

바람처럼
햇빛처럼
감싸 안은 넓은 사랑

비처럼
눈처럼
하늘처럼 높은 사랑

슬픔같이
고독같이
고통 속에 흐르는 피

그분

그는 우리의 누더기 황제

그의 몸은 피껍질이며
그의 혼은 말들마저 웃게 하는
마구간의 향기

갈릴리 바다의 유령
우리의 공포스런 친구

(예수님에 대한 타인들의 시선)

그는 궁중에서 나시지 않았다

그는 궁중에서 나시지 않았다.
인간 세상, 가장 어둡고 누추한 곳,
마리아는 짐승들 틈에서 아기를 낳았다.

그는 궁중에서 나시지 않았다.
탄생할 때 있을 곳이 없어
짐승들의 구유통이 그의 첫 요람이 되었다.

놀라운 구원의 경륜으로
지극히 높은 곳의 영광이 되시기 위해
또한 기뻐하심을 입은 자들의 평화가 되시기 위해

그곳

어떤 스는 시를 설파하시고
어떤 목자는 웅변을 토로하신다.

의로움이 판을 벌이고
공의가 그를 응원하는 곳

자, 조용히 해라
스께서 주무신다.

바벨탑에서 물 흐르는 소리가 들리고
사슬이 끊어져 용광로에 녹은 곳

파쇼가 무너진 곳을 지나
바벨의 꼭대기에 주의 깃발이 펄럭이는 곳

거룩한 빛

지극히 높은 곳
하나님께 영광
땅에서
기뻐하시는 자들에게 평화

우화와 거짓 신들의 틈에 낀
예언의 빛이 비치었던 땅
그러나 그들의 무관심이 놀라웁다
아침저녁으로 드리던 예물은 어디에 있더냐?

사망에 던져진 빛
천사들도 놀란 구원의 경륜이여
하늘의 진리의 아름다움이여

(크리스마스에)

| 홍포를 입은 예수 |